Audrey DeLane

Die Geschöpfe der Nacht

BoD™
BOOKS on DEMAND

widme ich allen Vampir-Fans

sowie

Joss Whedon & David Boreanaz

Ihr beide seid schuld, dass ich nicht mehr leben kann ohne zu schreiben und dadurch meine Erfüllung gefunden habe.

Audrey DeLane

Die Geschöpfe der Nacht

Bibliografische Information der Deutschen Nationalbibliothek:
Die Deutsche Nationalbibliothek verzeichnet diese Publikation in der Deutschen Nationalbibliografie; detaillierte bibliografische Daten sind im Internet über http://dnb.dnb.de abrufbar.

Text: Audrey DeLane
Cover/Fotos: Frank Gebauer / Nightcrawler Kase
Korrektorat: Dieter Sega
Lektorat: Martina Sprenger

Herstellung und Verlag: BoD – Books on Demand, Norderstedt

ISBN: 9783752839234

Inhaltsangabe

Vorwort

Im vorliegenden Büchlein befinden sich vorwiegend meine vampirischen Texte, die meine Liebe zu den *„Geschöpfen der Nacht"* widerspiegelt. Außerdem soll es Sie auf den Geschmack bringen und somit das Interesse für meine *„Graf von Dover"*-Vampirreihe wecken.

Seit meiner Jugendzeit haben es mir die Vampire angetan. Besonders **Christopher Lee** als **Dracula** hat mich mit seiner schauspielerischen Leistung als Blutgraf fasziniert. Dadurch eröffnete er mir die Welt der Vampire, und ich las bevorzugt die verschiedenartigsten Vampirgeschichten. Aber nicht nur Filme befeuerten mein Interesse. Das Fernsehen brachte eine nach der anderen Vampirserie auf den Bildschirm und zog mich so in den Bann der Blutsauger. Deshalb konnte ich nicht mehr widerstehen und schaute mir gerne Vampirserien wie *„Nick Knight"*, *„Blood Ties"* oder *„Moonlight"* an. Aber das Feuer richtig entzündet haben bei mir nur *„Buffy – im Bann der Dämonen"* und *„Angel – Jäger der Finsternis"*. Die beiden Serien sind schuld, dass mich die Leidenschaft des Schreibens gepackt hat und ich seit dem Jahr 2000 regelmäßig unterschiedliche Texte verfasse, obwohl ich seit 1985 Theaterstücke und Gedichte schreibe.

Dieses Büchlein beinhaltet eine kleine Auswahl meiner schriftstellerischen Arbeiten, die ich meinen Lesern anbieten möchte, um mich vorzustellen und hoffe, den Geschmack und auch die Erwartung zu erfüllen.

Jetzt bleibt mir nur noch Ihnen viel Spaß beim Stöbern und Lesen zu wünschen.

Ihre

Audrey DeLane

I.

Vampir-Gedichte

Die Geschöpfe der Nacht

Die Nacht gehört ihnen.
Die Dunkelheit ist ihr Gefährte.
Der Mond ist ihre Sonne.
Die Sterne beobachten, wie sie durch die Nacht geistern.
Blut ist ihr Elixier und lässt sie existieren.
Vereint mit spitzen Zähnen, die eindringen in den Hals.
Verdammnis lässt sie nicht mehr los.
Unsterblichkeit gibt ihnen Geleit.
Bleich und stark schreiten sie dahin.
Wer kennt sie nicht?
Sie sind die Geschöpfe der ewigen Nacht.
Ihr Schicksal zu töten bis in alle Ewigkeit.
Kein Grab gehört ihnen, denn sie wandern unaufhaltsam durch die Nacht.
Seid auf der Hut!
Sie sind nicht nur Fantasie, erschaffen aus der Feder.
Schaut euch genau um und ihr könnt sie sehen.

Eiskalt und wunderschön.
Habt ihr sie erkannt?
Die Geschöpfe der Nacht sind unter uns.

Die GESCHÖPFE DER NACHT

Frank Gebauer 20/11

Erwacht zum Vampir

Erwacht in der Stille der Nacht.
Für mausetot gehalten und dennoch irgendwie lebendig.
Kein Herz schlägt in der Brust.
Kalt wie Eis ist die Haut.
Das Gesicht so bleich.
Schönheit täuscht über die Wahrheit hinweg.
Augen so leer.
Die Zähne so scharf wie Messerspitzen.
Erlösung ist nicht möglich.
Der Himmel ist verschlossen.
Die Seele ist entschwunden.
Ein Monster ist geblieben.
Die Nacht ist von nun an der Begleiter.
Schreitet durch die Finsternis wie ein Tier auf Beute fang.
Ein Duft lässt ihn nicht mehr los.
Blutdurst treibt ihn an.
Eilt vorbei auf der Suche nach köstlichem Blut.
Endlich erreicht er unbemerkt sein Ziel.

Lässt sich ins Haus einladen.
Dringt ein ins Zimmer ohne Gewalt.
Kennt keine Gnade.
Leben zählt nichts mehr.
Holt sich ein unschuldiges Opfer mit dem er entflieht.
Hat nur noch einen Gedanken, der in ihm wohnt.
Blut trinken ist das, was er nur noch will.
Den Vampirkuss verbreiten so schnell es geht.

Damit ein neues Wesen erwacht zum Vampir.

Ewige Nacht

Herausgerissen aus dem Leben.
Hinein in eine Welt die fremd ist.
Nichts ist mehr so wie es war.
Man erkennt sich nicht mehr im Spiegel.
Ein Verlangen nach Blut regiert nur noch die Sinne.
Sobald man gekostet hat ist man verloren.
Verdammt für alle Zeiten, es gibt kein zurück.
Ein Monster ist man geworden, in den Augen der Unschuldigen.
Es existiert kein Herzschlag, noch Blut fließt in den Adern.
Alle Gefühle erloschen, wie die Lebensflamme.
Erlösung ist einem versagt.
Vergessen von allen, die einem Nahe standen.
Kein Verwandte noch Freund erkennt einen wieder.
Selbst der Schöpfer kennt einen nicht mehr in der ewigen Nacht.

Kinder der Nacht

Wer hätte gedacht, dass es sie gibt?
Verborgen und unerkannt schreiten sie jede Nacht dahin.
Getrieben von Blutdurst suchen sie nach neuen Opfern.
Während die Menschen träumen sind sie unaufhaltsam unterwegs.
Nur der Mond und die Sterne beobachten, wie sie nach Unschuldigen überall Ausschau halten.
Wehe, sie finden neue Blutnahrung, dann ist es um den Menschen geschehen.
Gnadenlos schlagen sie ihre spitzen Vampirzähne in den Hals.
Trinken sich schnell in Rage.
Empfinden für einen winzigen Moment die wahre Erfüllung ihres nächtlichen Daseins, als Kinder der Nacht.

Blutdurst

Getrieben von Sucht nach Blut.
Noch nie gekannte Gier.
Kein Stillen des Bedürfnisses möglich.
Wandere ich durch die Nacht ohne Mond.
Gehe auf die Pirsch wie ein Jäger.
Habe nur noch ein Ziel.
Ich muss meinen Hunger stillen, bevor ich wahnsinnig werde.
Erst dann finde ich Frieden.
Einsamkeit ist mein Begleiter.
Unerkannt schleiche ich durch die Finsternis.
Tiere nehmen Reißaus vor mir.
Mein Verlangen wird immer größer.
Ich muss endlich Nahrung finden, sonst verliere ich meine Kraft.
Still ist die Nacht und keine Menschenseele weit und breit.
Die Gier wird immer stärker und treibt mich schneller voran.
Blutdurst lässt meine Kehle austrocknen.

Ich fantasiere von Blut, welches in meinen Mund sickert.

Endlich nähert sich eine weibliche Gestalt.

Leichtfüßig schleiche ich mich an.

Stürze mich auf mein unschuldiges Opfer wie ein Löwe.

Meine Zähne gehorchen mir nicht mehr.

Sie dringen ein und zerfetzen das Fleisch.

Der Geschmack von Blut lässt meine Zunge vor Freude tanzen.

Und ich trinke und trinke, bis kein Leben mehr in meinem Opfer wohnt.

Ich lasse die Unbekannte auf den Boden fallen und mein Blutdurst ist für einen kurzen Moment gestillt.

Meine Lippen sind noch voller Blut, der Geschmack ist göttlich, und die schöne Erinnerung lässt mich wieder suchen.

Doch der Blutdurst vergeht nie und niemals, solange ich als Vampir durch die Dunkelheit schleiche.

Die Wahrheit der Nacht

Die Nacht ist ihr Königreich.
Blut ihre Nahrung.
Durst ihre Geißel.
Gier ihre Bestimmung.
Gewissen ausgeschaltet.
Der Glaube gelöscht.
Erlösung für immer verwehrt.
Das vorherige Leben besteht nur noch aus Erinnerungen.
Die Vergangenheit spielt keine Rolle mehr.
Verdammt für ewig ein Vampirleben zu fristen.
Widerstand ist sinnlos.
Limits sind auferlegt, um als Vampir zu überdauern.
Seelenlos zu existieren ist ihr Verderben.
Die Sonne der Feind.
Der Pflock ein herzloser Gegner.
Das Weihwasser verbrennt die Vampirhaut wie Papier.

Feuer ruiniert das Dasein und verwandelt sie zu Staubkörnern.

Reines Silber beschleunigt den Untergang.

Das Kreuz bannt und vernichtet gleichzeitig.

Nur der Sarg ist Zufluchtsort und Freund zugleich.

Dafür sind die Sinne geschärft für die nächsten Opfer.

Eindringen in zahlreiche Hälse um Blut zu trinken, damit der Dämon weiter als Untoter umhergeht.

Der menschliche Lebenssaft besiegelt dann den Pakt zur Vampirexistenz.

Dies ist jetzt das auserwählte Schicksal bis zum Ende aller Zeiten.

Wir sind die Nacht

Wir sind die Gebieter, welche die Nacht beherrschen.
Uns allein gehört sie und keiner wagt uns aufzuhalten.
Die Sterne und der Mond sind unsere treuen Gefährten und begleiten uns auf Schritt und Tritt.
Der Mondschein lässt unsere Bleiche, welche zart ist wie der Morgentau, hell erstrahlen.
Kein Herz schlägt mehr in unserer Brust.
Das Leben ist aus uns entschwunden und die Seele ist entflohen.
Die Reue haben wir längst verloren.
Ein Gewissen wohnt nicht mehr in uns.
Wir sind nur noch auf der Jagd nach köstlichem Menschenblut.
Keiner von uns kennt Erbarmen, wenn wir erst einmal Blut trinken.
Mit Vergnügen beenden wir die Lebensspanne eines Opfers ohne jegliches Mitleid.

Zu gerne erschaffen wir neue Vampire, die uns dann folgen in die Verdammnis.

Damit verurteilen wir sie, auf ewig den Gesetzen der Blutsauger zu folgen.

Wir befehlen ihnen, uns in die Nacht zu begleiten, welche nur von der Sonne begrenzt wird.

Somit die einzige natürliche Macht, um unsere Existenz zu beenden und uns so zu Staub verwandeln vermag.

Der Vampir

Schon das Wort „Vampir" lässt einen erschaudern.
Gänsehaut sucht einen heim.
Man will sich nur noch verkriechen.
Auch traut man sich nach Sonnenuntergang nicht mehr hinaus.
Schließt alle Türen und Fenster.
Natürlich lässt man keine Fremden mehr ins Haus.
Panik breitet sich aus.
Wie kann man diesen Monstern entfliehen?
Sie kennen weder Gnade noch Mitleid.
Noch Scheu hält sie ab.
Jagen Unschuldige wie ein Jäger in der Wildnis.
Ungeniert nehmen sie die Verfolgung auf.
Blut schmeckt am besten mit Adrenalin versetzt.
Lassen nicht locken bis sie Erfolg haben.
Quälen ihre Opfer mit viel Genuss.
Das steigert ihr Verlangen nach Blut.

Aber der Hunger ist nicht zu stillen, so oft sie auch trinken.

Wenn sie beißen gibt es nur zwei Möglichkeiten: Entweder ziehen sie einen in das Reich der Finsternis.

Verdammen damit Unschuldige zu ihresgleichen.

Oder sie töten nur aus reiner Lust.

Befriedigung ihrer Bedürfnisse zählt über alles.

Blut der Menschen lässt sie ewig existieren.

Außer ein Pflock durchbohrt ihr Herz.

Erst dann werden sie zu Staub und es gibt sie nicht mehr.

II.

Grusel-Gedichte

Das Grauen kommt über Nacht

Das Grauen kommt über Nacht.
Es kommt ganz leise wie ein Dieb.
Es packt dich, wenn du schläfst, unbemerkt in voller Pracht.
Es schüttelt dich durch, mitten in der Nacht.
Es lässt dich nicht mehr los, auch wenn du noch so schreist.
Es treibt dir den Schweiß aus allen Poren.
Es ist das nackte Grauen, wenn es dich ereilt.
Das Grauen, das dich heimsucht, begleitet dich bis zum Morgenrot.
Du kennst es nur zu gut ... es ist der Albtraum, der dich immer und immer wieder aufs Neue quält.

Der Teufel lacht ...

Der Teufel lacht über jede Seele, die er ergattert.

Wie leicht es ihm gelingt, die Menschen zu besiegen!

Er legt sie rein mit so mancher List.

Unvorbereitet ist er dabei nicht.

Die Menschen sind oft böse in ihren Taten.

Im Hintergrund lacht er sich ins Fäustchen.

Neid lässt ihn grinsen.

Verbitterung ist auch nicht fern, um ihn fröhlich zu stimmen.

Wie oft regt sich der Mensch auf über Nichtigkeiten.

Dabei reibt Luzifer sich die Hände voller Vergnügen.

Gier lässt seine kohlenschwarzen Augen erstrahlen.

Der Mensch ist ungerecht zu seinem Nächsten, der glücklich erscheint.

Begehrt, was ihm nicht zusteht, egal ob er jemanden verletzt und kränkt.

Noch nicht einmal vor Mord schreckt so manchen zurück.

Krieg lässt den Satansbraten vor Freude tanzen und im Blut der Unschuldigen baden.

Wie oft regiert der Hass die Menschenseele, die so leicht zu beeinflussen ist.

Nur einer hat gut Lachen!

Das ist der Höllenfürst, wenn sich wieder eine Seele dem Bösen offenbart und in die Hölle fährt.

Die Finstere Seele

Schwarz wie die Nacht ist die Seele, die den Teufel glücklich macht.
Voller Hass ist sie geraten und quält die Menschenkinder.
Nie ein freundliches Wort ist zu vernehmen.
Geduld wurde nicht erfunden.
Die Taten sprechen für sich.
Hunger nach Gewalt wohnt in ihr inne.
Zerstörung ist nicht aufzuhalten.
Respekt ist ihr mehr als fremd.
Liebe ist verödet.
Mitleid wurde ausgerottet.
Gnade ist ein unbekanntes Wort.
Menschlichkeit wurde vernachlässigt bis in die Knochen.
Machthunger gibt ihr Geleit bis hin zum Tode.
Finster ist die Seele, bis sie in die Hölle entflieht.

Halloween – Gedicht

Nur an Halloween ...

Vampire saugen blut.

Geister spuken gruselig herum.

Spinnen klettern von überall herunter.

Würmer kriechen über das Essen.

Zombies wollen jeden fressen.

Hexen sprechen böse Zaubersprüche.

Monster kommen aus den Schränken.

Skelette machen jagt auf alles.

Verstorbene steigen aus den Gräbern.

Dann ist es soweit:

"Happy Halloween"

III.

Kurzgeschichten

Neues Blut

Natascha hockte mit zerfetztem T-Shirt und nur mit einem Slip bekleidet am Boden. Sie wimmerte leise vor sich hin. Ihr Körper war von blauen Flecken und Abschürfungen übersät. Sie hatte sich gewehrt. Nur gegen diesen brutalen Kerl konnte sie nichts ausrichten. Er nahm sich das, was sie nie bereit war zu geben. Nataschas Herz war gebrochen.

»Hey Kleine, du bist echt ein Feger! Du bist jeden Cent wert. Wir werden uns eine goldene Nase an dir verdienen.«

Natascha schüttelte sich und Scham stieg in ihr hoch, als sie Pepes Stimme vernahm.

»Für eine Jungfrau gar nicht so übel. Du wirst schnell lernen, wovon wir Männer träumen«, schwärmte er schleimig, mit einem breiten Grinsen auf den Lippen.

Ihr Herzschlag beschleunigte sich, als die Erinnerung sie überwältigte. Tränen kullerten über ihre Wangen, die sie nicht stoppen konnte.

»Mal sehen, wie du dich bei unserer speziellen Kundschaft anstellst«, antwortete Pepe und fuhr durch sein schulterlanges schwarzes Haar. Schmachtend beobachtete er sie.

Ein eiskalter Schauer lief ihr über den Rücken und sie vergrub ihr Gesicht in den Händen.

»Soll ich wieder mit dir spielen?«

Es fiel ihr schwer, die Panik zu unterdrücken und sich zu beruhigen.

»Vielleicht später. Schließlich hast du heute gelernt wie es geht!« Pepe pfiff durch die Zahnlücke.

Natascha nahm ihre Hände vom Gesicht und schaute zu ihrem Vergewaltiger. Sein Blick ruhte auf ihr und sie wusste, dass er sie am liebsten wieder mit Gewalt genommen hätte.

»Zu schade, dass gleich Leon eintrudelt«, plapperte er, befeuchtete seine Lippe und fuhr mit der Zunge darüber. Natascha konnte seine Gier fast körperlich spüren und ihr wurde speiübel.

Er schickte ihr einen schmatzenden Luftkuss.

Sie schüttelte sich angeekelt.

»Hey April, kümmere dich um unser *Neues Blut* und hilf ihr beim Umziehen!«, fauchte er.

Dann verließ er grölend das Büro. Erleichtert seufzte Natascha. Allerdings vertraute sie April nicht, die aufgedonnert wie eine Sexbombe ausschaute. Die Blondine berührte sie vorsichtig am Nacken. »Hey, zieh das bitte an!«, rief sie in einem leichten Befehlston und hielt ihr die aufreizende Kleidung hin. Natascha schüttelte den Kopf und erhob sich wankend.

»Bitte!«, flehte April. »Zieh es an, sonst bekommen wir beide Pepes Peitsche am eigenen Leib zu spüren. Er ist gnadenlos und ein Scheusal. Das hast du doch erlebt. Bitte!«, flehte sie weiter. Als Natascha die Verzweiflung in Aprils Stimme hörte, wurde ihr bewusst, dass sie im selben Boot saßen. Sie angelte zitternd nach dem schwarzen Cocktailkleid und zog das zerfetzte T-Shirt aus. Dann stülpte sie mit ein paar Handgriffen das Cocktailkleid über. Darin wirkte sie attraktiver und es brachte ihre weiblichen Kurven sehr gut zur Geltung. April schloss den Reißverschluss am Rückenteil in einem Zug. Währenddessen zerrte und zog Natascha an dem Kleid. Es reichte ihr gerade über den Po.

April drehte sie zum Spiegel, der hinter dem Schreibtisch an der Wand hing. »Du siehst fantastisch aus«, murmelte sie und kümmerte sich um Nataschas schwarzen Pferdeschwanz, der bis zum Rücken herunterbaumelte. April zauberte in wenigen Minuten mit Haarnadeln eine elegante Hochsteckfrisur. Dadurch erschien Natascha erwachsener und reifer. Aber auch Lippenstift, Lidschatten und Rouge führte April mit und schminkte sie aufreizend.

Ein paar Sekunden später betrat Pepe das Büro. Er grinste fies und seine Nabe auf der linken Gesichtshälfte wirkte noch grässlicher. »Verschwinde!«, brüllte er. »April, dein Kunde wartet in Raum sieben!« Mit ausgestrecktem Arm wies er zur Tür.

Sie senkte den Kopf und ging wortlos hinaus. Nataschas Mund öffnete sich, aber als sie Pepes eiskalten Blick registrierte, schwieg sie.

»Hey Püppchen, … da wartet jemand sehnsüchtig auf dich. Er möchte dich unbedingt kennenlernen, um mit dir zu spielen!« Pepe grölte. »So meine Schönheit, wehe, du stellst deinen ersten speziellen Kunden nicht zufrieden. Dann hoffe ich, dass dir meine Lieblingspeitsche eine Lektion erteilen kann, die du nie vergisst.« Er deutete mit dem Zeigefinger auf die Peitsche, die auf dem Schreibtisch lag.

Natascha schwieg und blickte zu Boden.

»Wir haben uns verstanden, oder?« Brummend grapschte er mit seinen fleischigen Fingern nach ihrem rechten Oberarm. Natascha stöhnte. Eilig zog er sie aus dem Büro in die Vorhalle des Hauses, dessen Fenster mit schweren dunkelblauen Gardinen zugezogen waren. Schwaches rotes Licht flackerte und tauchte den Flur in ein gespenstiges Flair. Dort schritt ein großer, breitschultriger Mann mittleren Alters auf und ab. Er hatte ein markantes Gesicht und wulstige Augenbrauen. Auf seinem Kopf wuchs kurzes dunkelbraunes Haar. Seine dunkelgrünen Augen musterten Natascha von oben bis unten. Von ihm ging eine bedrohliche Aura aus und machte ihr Angst.

»Sie ist wirklich *Neues Blut*?«, nuschelte der Typ fragend.

»Wie versprochen, Leon!«, rief Pepe und strahlte über das ganze Gesicht.

»Okay, dann bin ich bereit, jeden Preis zu zahlen, den du verlangst.« Leon öffnete seinen schwarzen Mantel, der ihm bis zu den Hacken ging und zückte die Geldbörse aus der Innentasche. Er öffnete sie, zerrte einen Hunderteuroschein nach dem anderen heraus und reichte es Pepe.

Gierig steckte er die Banknoten in seine Hosentasche ohne nachzuzählen. »Mein Freund, wir haben versucht sie zu unterrichten. Sollte es dennoch Probleme geben, dann lass es mich wissen. Wir möchten dich zufrieden stellen. Also, jetzt gehört sie dir ganz alleine! Mach mit ihr, was du willst!«

Als Natascha das hörte, unterdrückte sie einen Schrei, während Pepe sie an Leon aushändigte. Sofort angelte der Freier nach ihr und packte brutal zu. Es tat weh, als würde ihr linker Oberarm zerquetscht. Ein pochender Schmerz strahlte vom Oberarm hinab bis in ihre Fingerspitzen. Sie biss sich auf die Unterlippe, damit kein Laut über ihre Lippen kam, aus Furcht, ihre Lage zu verschlimmern. Panisch glotzte sie von einem zum anderen.

»Unglücklicherweise habe ich heute nur Zeit für einen Snack. Leider war es unmöglich, deiner netten Einladung zu widerstehen. Ja, unterrichte sie weiter, damit ich beim nächsten Mal auf meine Kosten komme. Du weißt, Anfängerinnen sind schrecklich. Außer, man tötet sie qualvoll!«

In Nataschas brach Panik aus und sie hatte das Gefühl zu ersticken.

»Welches Zimmer ist für mich bereit?«, fragte Leon mit stechenden Augen.

Seine Worte waren wie ein Peitschenhieb und Natascha zitterte wie Espenlaub.

»Zimmer drei ist für dich hergerichtet.« Dann wandte sich Pepe ab und überließ sie ihrem Schicksal. Natascha war unfähig sich zu widersetzen, denn sie fürchtete sich mehr vor Pepe als vor diesem Freier. Vielleicht gab es später eine Möglichkeit zu fliehen. Sie musste durchhalten um zu überleben. Leon schob sie durch einen weinroten Vorhang, der zur Seite glitt. Dahinter verbarg sich eine dicke Stahltür und darauf prangte eine zehn Zentimeter große rote römische Drei. Sofort tippte er mit dem linken Zeigefinger einen Code in die kleine Konsole, die am Türpfosten befestigt war. Die Tür sprang mit einem Piepton auf. Wie auf Stichwort erhielt Natascha einen heftigen Fausthieb auf den Rücken. Dadurch stolperte sie in den Raum hinein und die Wucht riss sie zu Boden. Benommen drehte sie den Kopf und sah aus dem Augenwinkel wie Leon die Tür zuknallte. Ihr Herz schlug bis zum Hals, als er sich näherte. Ein Hilferuf kam über ihre Lippen. Leon blickte sie grimmig an und brummte: »Halt die Klappe!«

»Oh Gott, nicht schon wieder!«, wisperte sie. »Es tut so weh.« Längst beugte sich der Freier über sie.

»Was zum Teufel …«, brüllte er plötzlich und machte sich an ihrer Halskette zu schaffen. Er riss das Silberkettchen samt Kreuz ab und schleuderte es wutentbrannt auf den Boden. Als sein Gesicht wieder vor ihr auftauchte, gefror ihr das Blut in den Adern. Eine Brandwunde in Form eines Kreuzes schmückte seine linke Gesichtshälfte.

Es gruselte sie und ihre Nackenhaare stellten sich kerzengerade auf. Leon hob seine rechte Hand und versetze ihr einen heftigen Hieb mitten auf die linke Wange. Sie jammerte. Tränen schossen ihr in die Augen und kullerten herunter.

»Wer hat vergessen, dir dein Geschmeiß abzunehmen?«, schrie er und schlug sie mit der Faust. Diesmal traf er die andere Gesichtshälfte. Natascha weinte leise. Ohne Mitleid deutete er auf die Halskette. »Wer?«

»April«, presste sie heraus, und ihre Augen weiteten sich in Panik, als sie seinen hasserfüllten Blick ausmachte. Sie befürchtete, dass er sie jetzt töten würde. Ihr Mund öffnete sich zu einem stummen Schrei. Leons Wangenknochen wirkten jetzt, als ob sie die Haut durchstießen. Die Stirn wuchs wie bei einen Neandertaler. Wie auf Kommando bildete sich auf seiner Nase ein gewaltiges Knochenbein. Spitze Zähne verließen den Oberkiefer und schoben sich über die Unterlippe. Ein Knurren drang aus Leos Mund und seine Augen hatten einen gelblichen Schein angenommen.

Natascha sprang auf. Aber er war schneller und griff hektisch nach ihrem blanken Hals. Leon neigte ihren Kopf, sodass sich ihre Halsvene noch intensiver abzeichnete. Sie stemmte sich mit ihren Händen gegen seine Brust. Er drückte sie an sich. Dann bohrte er seine Vampirzähne in ihre pulsierende Halsschlagader. Ein unerträgliches Brennen durchzuckte die Bissstelle. Sie schrie gepeinigt und trat nach ihm. Genüsslich trank er mit lauten Sauggeräuschen ihren Lebenssaft. Sie fühlte sich immer schwächer und schwindeliger und ihr Widerstand bröckelte. Natascha sah ihr Ende gekommen, schloss langsam die Augenlider und war bereit zu sterben. Ihre Knie knickten ein. Ohne ihn wäre sie gestürzt, denn sie hing nur noch kraftlos in seinem Armen. Plötzlich ließ er von ihr ab. *Vielleicht hält er mich für tot*, dachte sie und glitt wie eine Marionette zu Boden. Dabei landete sie auf der Seite. Vorsichtig schlinzte sie durch ihre Wimpern. Da erblickte sie einen Schatten, der über ihren Vampirpeiniger herfiel. Neugierig öffnete sie die Augenlider und staunte. Die fremde Gestalt hielt in der rechten Hand einen Pflock und rammte ihn in Leons Brust. Der Vampir strauchelte und ein ersticktes Grummeln entwich seiner Kehle. Dann löste er sich in lauter Staubpartikel auf. Ehe Natascha etwas sagen konnte, fasste der Unbekannte zu und riss sie in seine Arme. Sie war viel zu schwach, um sich zu widersetzen.

»Keine Angst, ich rette Sie. Mein Name ist Victor. Ich verfolge schon lange diese Brut und ihre Machenschaften. Die Polizei ist verständigt und sperrt sie für ewig ein«, flüsterte er mit sanfter Stimme. »Aber die Bordellbetreiber landen in U-Haft.«

»Der Typ war ein Vampir … Sie haben ihn gepfählt wie in diesen Draculafilmen.« Er nickte. »Die Polizei glaubt mir niemals. Das kann ich unmöglich aussagen. Die halten mich für Verrückt. Vampire existieren nicht! Sie sind nur die Erfindung von Schriftstellern.«

»Da wäre ich nicht so sicher«, antwortete Victor und präsentiere ihr seine Vampirzähne. Doch bevor Natascha schreien konnte, hielt er ihr den Mund zu.

»Ich gehöre zu den Guten und arbeite eng mit der Polizei zusammen. Sie müssen mir nur vertrauen«, raunte er, hob mit ihr vom Boden ab und steuerte das geöffnete Fenster an. »Ich bringe Sie ins Krankenhaus.

Sie brauchen unbedingt eine Bluttransfusion. Mein kleines Geheimnis bleibt selbstverständlich unter uns, einverstanden?«

Natascha wusste nicht, was sie antworten sollte und zuckte nur mit den Achseln.

Innerhalb einer Viertelstunde machte er sein Versprechen wahr und setzte sie vor dem Krankenhaus ab. Ehe sie sich verabschieden konnte, war er spurlos verschwunden. Kopfschüttelnd betrat sie das Gebäude und hoffte, ihn irgendwann wieder zu sehen. Er war ein Schönling mit diesem schwarzen, lockigen, schulternlangen Haar und den wunderschönen meerblauen Augen, in denen sie sich verlieren konnte. Seine fein geschwungenen Lippen schrieen danach geküsst zu werden. *Warum musste so ein Traumprinz ausgerechnet ein Vampir sein?* Natascha sehnte sich nach einem Mann, den sie unsterblich liebte. Aber diese Gelegenheit hatte sie dummerweise verstreichen lassen. Enttäuscht wankte sie auf das Krankenhauspersonal zu und fiel in Ohmacht.

Als sie nach Stunden im Krankenbett erwachte, hielt sie ihre Erlebnisse nur für einen schrecklichen Albtraum. Doch der Verband am Hals erzählte eine andere Geschichte. Sehnsucht überkam sie, als sie zum Fenster schaute und verträumt seufzte. »Ach Victor, wie gern würde ich mit dir ausgehen.«

Das Spiegelbild

Audrey DeLane, Ruhrgebiet

Er hat mich gebissen. Ja, gebissen in den Hals. Nur weil ich durch die Schlossruine von Dover stolperte. Wie ich entkommen konnte, wusste ich im Nachhinein nicht zu beantworten. War es, weil es blitzte und ihn blendete?

Blut tropfte mir immer noch vom Hals und ich presste meine Finger auf die Wunde. Ich stöhnte, als ich den Schmerz fühlte, der in mir brannte. Dieser trieb mich vorwärts. Ich schaute mich suchend um, als ich Schritte hinter mir wahrnahm. Mein Herzschlag beschleunigte sich, während ich nach einem Unterschlupf Ausschau hielt.

Da erblickte ich endlich das Tor, das von Gitterstäben begrenzt war. Ich schlich auf den Ausgang zu und streckte meine zitternden Hände danach aus. Kaum berührte ich es, da spürte ich wie Hände nach mir griffen. Sofort wurde ich zurückgerissen. Es roch faulig nach Moder. Dann sah ich die Vampirfratze, denn an den Hauern haftete noch Blut.

Mein Blut!

Wie erstarrt blickte ich den Vampir an, der gierig seine Zähne auf- und zuschnappen ließ. Ein stummer Schrei kam über meine Lippen. Doch es war zu spät!

Wieder bohrte er seine spitzen Vampirzähne in meine Halsschlagader und ich fühlte, wie er das Leben aus mir heraus sog.

War dies mein Ende?

Als ich glaubte zu sterben, erwachte ich schweißgebadet aus meinem Albtraum. Ich dankte Gott und stand auf. Als ich jedoch einen Blick in den Spiegel warf, erkannte ich, dass ich kein Spiegelbild mehr besaß.

Inge Beer, Berlin

Ich hatte lange Zeit gebraucht, um mein Spiegelbild wieder zu finden. Tagsüber gestaltete sich die Suche schwierig und ich musste meine Fragen an die Umwelt vorsichtig formulieren. Viele erklärten mich für verrückt. Eine Frau ohne Spiegelbild? Ich wurde anfangs belächelt, dann für verrückt erklärt und letztendlich, nachdem ich zu einem Psychiatrieaufenthalt gerade noch vorbeigeschlittert war, von den meisten anderen gemieden. Mir blieben also nur die Nächte, um meine Suche nach mir fortzusetzen. Und die wurden ständig durch meine Albträume gestört. Jede Nacht kam der Vampir um mich zu überfallen.

Erst als ich keine Kraft mehr hatte mich stets und ständig zu wehren und zu schreien sah ich eine Lösung.

»Du bist so still heute«, meinte er eines Nachts, »was ist los mit dir?«

»Ich mache mir Gedanken über dich und darüber, warum du dieses Vampirleben führst und wie du dazu gekommen bist.«

Hatte ich zuviel gefragt?

Der Vampir war zunächst sprachlos – und dann begann er zu erzählen. Von seinem Leidensweg und seinen Problemen. Gegen Morgen verschwand er, ohne mich attackiert zu haben. Als ich an dem Tag in den Spiegel schaute, sah ich einen leichten Schatten.

Im Laufe der nächsten Woche entwickelte sich eine Art Freundschaft zwischen uns und wir verbrachten die Nächte mit gegenseitigen Erzählungen über uns und unsere Probleme.

Nach einem Monat gestand ich ihm, dass ich ihn eigentlich mit Knoblauch hatte vertreiben wollen, aber das jetzt nicht übers Herz brachte, weil ich ihn fast lieb gewonnen hatte. *Angst? Ich? Von einem Vampir?* Darüber konnte ich nur lachen.

Als ich den nächsten Morgen in den Spiegel schaute, sah ich mich wie eh und je – in voller Größe. Nur in den Augen befand sich ein seltsames, mir nicht bekanntes Leuchten.

Die Blutbar

Ich ging durch die Nacht und meine Stimmung war im Keller, da mir gekündigt wurde. Dabei hatte ich keine Schuld, dass wir den Prozess verloren hatten. Niedergeschlagen sprang mir das bunte Reklameschild einer Bar ins Auge, welches mich magisch anzog und gleichzeitig faszinierte. Der Besitzer machte Werbung für dessen Bühne, wo jeder seine Stimme erheben konnte, um seinem Frust Gehör zu verschaffen. Irgendein innerer Drang zog mich an und ich war unfähig mich dagegen zu wehren.

Mit gesenktem Haupt betrat ich die Bar. Verwundert fuhren meine Augenbrauen hoch, als ich die flackernden Kerzen an den runden Holztischen entdeckte. Der Stil erinnerte mich eher an eine Taverne des 18. Jahrhunderts in England, obwohl wir uns doch in Gladbeck befanden.

Auch die Besucher kleideten sich eigenartig und vermittelten mir den Eindruck, mich in der Vergangenheit zu befinden. Verwundert steuerte ich einen der Tische in der hintersten Ecke vor der Bühne an und nahm erschöpft Platz. Der Stuhl machte ein Geräusch, als ob er unter meinem Gewicht zusammenkrachen würde, obwohl ich nicht übergewichtig war.

Keiner der Gäste nahm Notiz von mir, denn sie waren alle in Gespräche vertieft. Wortfetzen drangen an meine Ohren, doch ich verstand nicht den Sinn, über was sie sich unterhielten.

Ich hatte keine Zeit mehr mir darüber Gedanken zu machen, denn meine Aufmerksamkeit erweckte ein Frackträger, der mit einem Tablett auf mich zusteuerte. Seine Gesichthaut war durchzogen von lauter Furchen und blass wie die eines Albinos. Es fröstelte mich, obwohl wir keinen Winter hatten. *Es war doch erst August,* wunderte ich mich. Sogar meine Nackenhaare stellten sich aufrecht. Ein kalter Schauer lief mir über den Rücken. *Was hatte das zu bedeuten?* Als er mich humpelnd erreichte, murmelte er mit rauer Stimme: »Was ist Ihr Verlangen?«

»Verlangen?«, fragte ich nach und verstand nur noch Bahnhof. »Bringen Sie mir einfach ein Bier! Marke ist mir egal!«

»Wir führen keinen Alkohol!«, fuhr er mich an und seine schwarzen Fingernägel bohrte sich in das Tablett.

»Sie sind eine Bar! Was führen Sie dann?«

Mein Gegenüber schaute mich an, als ob ich eine Schraube locker hätte, während er mit zusammengepresste Zähne antwortete: »Blutgruppe A, B, AB, 0 positiv und negativ.«

Ich starrte ihn fassungslos an, denn mir fehlten die Worte. Dies animierte ihn wohl. »Was ist nun Ihr Verlangen?«, wiederholte er und brachte mich so in die Realität zurück. Ich zuckte nur mit den Achseln, denn ich war weiterhin sprachlos.

Er nickte bloß und zog einen Blutbeutel vom Tablett, den ich erst jetzt entdeckte. Diesen presste er mir mit Gewalt mitten ins Gesicht. Ich schrie. Dabei grinste er und ritzte mit seinen Fingernägeln den Blutbeutel auf. Sofort ergoss sich die rote Flüssigkeit über mein Gesicht und bahnte sich den Weg zu meinem Mund. Es sickerte hinein, tropfte auf meine Zunge und floss meine Kehle hinunter. Der Geschmack erinnerte mich an Kupfer, und mein Magen rebellierte während ich würgen musste. Der Frackträger kichert hämisch und präsentierte mir stolz seine Vampirzähne. Ehe ich protestieren konnte, klingelte mein Wecker.

Ich schreckte schweißgebadet hoch und seufzte erleichtert, dass ich nur einen schlimmen Albtraum hatte. Kopfschüttelnd fuhr ich mit meiner Hand über meine Stirn und stand auf. Wacklig torkelte ich ins Bad und schaltete das Licht an. Es blendete mich und ich kniff kurz die Augen zu. Blinzelnd entdeckte ich im Spiegel, dass mein Hals zwei verkrustete Einstiche aufwiesen. Ich ging davon auf, dass ich nachts Besuch hatte von Mücken. Angewidert drehte ich den Hahn auf und spritzte mir eiskaltes Wasser ins Gesicht. Ich genoss die Kühle und entschied mir die Zähne zu putzen. Zittrig griff ich nach der Zahnbürste und öffnete meinen Mund. Mich traf beim Anblick meines Spiegelbildes der Schlag, als ich die spitzen Zähne entdeckte, an denen noch Blut haftete. Mir entglitt die Zahnbürste und ein stummes »*Oh nein*« brannte sich in meinen Gedanken ein. Ich war offensichtlich zum Vampir mutiert! Wann war die Verwandlung geschehen? Gestern? Wieso erinnerte ich mich nicht daran? Entsetzt starrte ich wieder zum Spiegel und sah meine Abbild. »Verdammt, was zum Teufel ging hier ab?«

»Liebling, werde endlich wach!«, hörte ich eine weibliche Stimme neben mir flüstern. Ich riss erneut die Augen auf und starrte in das zauberhafte Antlitz einer Fremden, die mir sanft mitteilte: »Willkommen in meiner Welt des Blutrausches!«

Also war es kein Albtraum, sondern ich war dazu verdammt, ewig als Vampir meine Existenz zu fristen.

Ehe ich ihr antworten konnte beugte sie sich zu mir herunter und küsste mich leidenschaftlich auf den Mund. Komisch, es gefiel mir! Wenn so mein Leben jetzt ausschaute, war ich nicht der Versager, sondern ein Prinz der Nacht, der alles beherrscht.

Vampirische Weihnacht

»Können wir nicht Weihnachten feiern wie alle anderen auch?«

»Kommst du schon wieder damit?«, brummte Wilhelm der Blutige.

»Ja, natürlich! Jeder feiert es«, antwortete Liam der Unersättliche.

»Stimmt doch gar nicht!«, widersprach Wilhelm der Blutige und blickte aus dem Fenster, wo es heftig schneite und der Schnee sich bereits einen Meter hoch um das Schloss in Siebenbürgen türmte.

»Doch ... jeder!«, bestand Liam der Unersättliche.

»Nein, weder die Moslems und auch nicht die Buddhisten oder etwa die Zeugen Jehovas feiern es.«

»Musst du immer so genau sein?«, motzte Liam der Unersättliche und sein Antlitz verfinsterte sich gefährlich.

»Ja, wenn du alle Jahre wieder im Dezember mit der verrückten Idee kommst«, stöhnte Wilhelm der Blutige und fuhr sich durch das dichte, schulterlange, hellblonde Haar.

»Ich vermisse es eben.«

»Was denn? Den Wein, um sich zu besaufen ... oder die Geschenke, Liam?«, verhöhnte ihn sein Kamerad der gleichen Blutlinie.

»Weder noch. Aber der Weihnachtsbaum und die Kerzen, die ihn schmückten, fehlen mir sehr.«

»Seit wann bist du so nostalgisch?«

»Ich war immer nostalgisch veranlagt.« Dabei zuckte Liam der Unersättliche mit den Achseln und zog an seinem schwarzen, rückenlangen geflochtenen Zopf.

»Du … und nostalgisch! Das ist lächerlich!«, rief Wilhelm der Blutige und ein Grinsen eroberte seine schmalen blutroten Lippen. Dabei blitzten seine spitzen weißen Zähne im Kerzenschein auf. Dazu wies er amüsiert mit dem rechten Zeigefinger auf seinen Begleiter.

»Das war vor meiner Verwandlung.«

»Ja, wegen deiner Schwester, die dir nachlief wie ein Hündchen auf einem Bauernhof.«

»Das waren andere Zeiten! Und unser Anwesen war kein Bauernhof. Lass die Unverschämtheit«, knurrte er, denn es reichte ihm und so fuhr er verärgert seine Fangzähne aus.

»Es hat dich nicht abgehalten, alle ihrem Schicksal zu überlassen und sie auszusaugen. Also beschwere dich nicht, wenn ich einen Witz reiße.«

»Das klang nicht nach einem Witz, sondern eher nach Vorhaltungen. Ich kann deine Vorwürfe nicht mehr hören. Ich habe kapiert, dass dir Weihnachten mehr als egal ist.«

»Es ist mir nicht egal!«, rief Wilhelm der Blutige entrüstet. »Aber Vampire … feiern keine christlichen Menschenfeste. Das würde sonst unserem Ruf schaden. Uns soll man fürchten und sich vor uns verkriechen wie die Ratten in der Kanalisation!«, brüllte er weiter und schlug gegen die Wand, sodass sich Putz löste und auf seine Stiefel rieselte wie Schnee, der vom Himmel fiel.

»Es würde doch keiner dieser niedrigen Kreaturen erfahren, was wir bei uns im Schloss treiben.«

»Ich weiß es, und das genügt völlig!«

»Okay, lass es uns vergessen und auf die Jagd gehen, denn es dürstet mich … nach Menschenblut«, gab Liam der Unersättliche zu.

»Endlich bist du vernünftig geworden, Liam!« Dabei schlug er ihm freundschaftlich auf die Schulter. Liam verzog noch nicht einmal eine Miene, denn die Gier hatte ihn gepackt und er wollte nur noch eins: *Blut und noch mal Blut* … trinken.

Schon stürmten beide aus dem Schloss ins Schneegestöber, wo der Wind so doll blies und die allerletzten Blätter durch den Schlossgarten schwebten wie Gespenster in der Nacht.

Eiseskälte umfing die beiden Vampire und begleitete sie hinein ins Dorf. Dort, wo die Menschen sich verkrochen und ihre Häuser weihnachtlich geschmückt waren. Tannenduft vermischte sich mit Schneeluft. Aber nicht mehr lange, und Blutgeruch würde sich dazugesellen.

Drei Tage waren vergangen und Liam der Unersättliche schlenderte durch das Schloss, bis er ein Glöckchen klingeln hörte. Verwundert drehte er den Kopf nach links der Geräuschquelle zu und beschleunigte seine Schritte in die entgegen gesetzte Richtung. Als er den festlich geschmückten Ballsaal betrat, vergrößerten sich seine Augen. Er glaubte nicht, was er sah. *Das konnte doch nicht wahr sein!*, schoss ihm durch den Kopf. Mit offen stehendem Mund beobachtete er Wilhelm den Blutigen, wie er gerade blutrote Kerzen anzündete, welche er wohl vorher auf die Tanne platziert hatte. Auf der Spitze thronte sogar ein Skelettkopf, in deren Augenhöhlen Spinnen wohnten. Doch diese Tanne trug keine einzige Nadel, sondern sie war völlig nackt und braun wie ausgetrocknetes Stroh. Fassungslos starrte Liam der Unersättliche ihn an, und er brachte keine Silbe über die Lippen.

»Da bist du ja endlich, Liam mein Freund!«, rief Wilhelm der Blutige und schmunzelte, während er winzige, geschnitzte Halloweenkürbisse aus der Tasche seines Gehrockes zog und sie an die Tannenzweige hängte, bis der Baum hin und her schwankte. Dabei gewann man den Eindruck, dass der Wind ihn bewegen würde. Doch keine einzige Windböe war zu registrieren. Mit Stolz trug die Tanne das Gewicht, als ob sie extra dafür erschaffen wurde. Auch der Kerzenschein tänzelte, sodass man glaubte, liebliche Musik würde es zum Bewegen bringen.

»Wie findest du unseren Baum? Gefällt er dir? Entspricht er deiner Vorstellung?«, überhäufte er Liam den Unersättlichen mit lauter Fragen und glotzte ihn dabei abwartend an.

»Das ist sicher nicht dein Ernst, Wilhelm!«, fragte der Angesprochene perplex und näherte sich seinem Erschaffer.

»Warum sollen wir keinen Baum haben wie unsere menschlichen Abbilder im Dorf? Nur angemessen sollte die Vampirtanne sein. Was meinst du, fehlt noch etwas?«

Liam der Unersättliche schüttelte weiterhin fassungslos den Kopf und kriegte immer noch keine Antwort gebacken.

»Dann kann ja die Blutparty äh … ich meine das vampirische Festessen steigen. Ich habe uns Jungfrauen besorgt von denen wir kosten können, wenn du bereit bist, mit mir Weihnachten auf vampirisch zu feiern. Das schadet dann auch nicht unserem Ruf! Im Gegenteil: Der erste Vampir aller Zeiten, wird es uns gleichtun, davon bin ich überzeugt. Du weißt ja, dieser Langweiler eifert uns gerne nach.« Wilhelms Lachen schallte längst durch den Ballsaal und erst jetzt entdeckte Liam der Unersättlich zwei junge Mädchen in hübschen rosafarbigen, mit Rosen besticken Ballkleidern, die mit glasigen, dunkelblauen Augen auf der Festtafel hockten.

»Ich hoffe, dir gefallen meine vampirischen Weihnachtsgeschenke?«, fragte Wilhelm der Blutige. »Such dir Eine aus, mit der du zuerst spielen kannst, wie es dir beliebt, mein treuer Weggefährte«, hörte er Wilhelm den Blutigen sagen, der sich bereits von der Tanne entfernte und zu den Mädchen hin schritt, die bewegungslos dasaßen, als ob sie in einer anderen Welt weilten.

»Fröhliche vampirische Weihnacht«, hauchte Wilhelm der Blutige und deutete auf die weiblichen Gäste, die er geladen hatte und wo er seinen Charme einsetzte. Nur damit sie ihm in die Kutsche mit den vier schwarzen Hengsten folgten. Ohne Probleme schaffte er sie in sein Schloss und stellte sie vorher unter seinem Bann.

Liam der Unersättliche kam auf sie zu und umschloss die Kleinere von beiden Jungfern, während seine spitzen Zähne über die Unterlippe glitten. Grinsend näherte er sich dem unschuldigen Mädchen, um seine Fangzähne in ihren Hals zu schlagen. Dabei murmelte er vergnügt: »Wilhelm, ich wünsche dir auch fröhliche vampirische Weihnachten.«

Unschuld

Ich lag im Ehebett meiner Mutter, die neben mir schlummerte. Mich weckte ein Gepolter an der Tür und ich öffnete langsam die Augen. Da erblickte ich den Leibhaftigen, der im Türrahmen stand. Er zeigte sich ohne Hörner. Seine Haut war feuerrot und er trug einen schwarzen Anzug.

Furcht überkam mich und ich rüttelte an meiner Mutter. Doch so sehr ich mich anstrengte, sie wachte nicht auf. Meine Angst wuchs und ich zitterte. Er grinste mich nur fies mit seinen schwarzen Lippen an. Kratzend strich er mit seinen Fingernägeln über den Türpfosten. Dann winkte er auch noch. Ich zerrte weiter an meiner Mutter. Ohne Erfolg, denn sie schlief wie ein Stein.

Beunruhigt sah ich, wie er mit dem linken Zeigefinger zum Frisierkommodenspiegel deutete. Eine menschengroße schwarze Katze sprang fauchend daraus hervor. Sie hechtete auf mich zu. Ich schrie!

Auch dies weckte meine Mutter nicht. Verzweifelt rüttelte ich erneut an ihr, bis das Katzenmonster auf mir landete. Es attackierte mich und biss mir in den linken Unterarm. Ich brüllte vor Schmerz. Längst zeichneten sich seine Zähne in meinem Arm ab, wo es zugebissen hatte.

Verzweifelt stemmte ich mich gegen den Katzenbauch, in der Hoffnung, dass das Katzenmonster von mir abließ. Aber es war sinnlos. Ich glaubte, es würde mich mit seinen Zähnen und Krallen zerfetzten. Meine Panikschreie schallten durch das Schlafzimmer.

Der Teufel genoss den Zweikampf, das sah ich seinen glühenden Augen an. Mein Herz schlug mir bis zum Hals und mein Atem ging stoßweise. Mit letzter Kraft hämmerte ich mit meinen Fäusten gegen den Katzenrücken. Plötzlich hörte ich eine sanfte Stimme über mir: »Höllenfürst, lass ab von dem Kind! Seine Seele ist rein und unschuldig. Du hast kein Recht, es zu quälen. Weiche von der Kleinen! Sie gehört zu uns und ist auserwählt.«

Über mir schwebte eine aus purem Licht bestehende Gestalt mit weit aufgespannten weißen Flügeln. Die Lichtgestalt näherte sich und erwischte den Katzenkopf mit der rechten Flügelspitze. Hecktisch sprang das Katzenmonster von mir herunter und fauchte ununterbrochen. Es wich zurück bis zum Höllenfürsten. Der Teufel schaute grimmig, umschloss den Katzenschwanz und zog daran wie an einer Hundeleine.

»Teufelsgeselle, diese Seele bekommst du niemals! Entweiche mit deinem Gehilfen ins Höllenreich!«

»Verschwinde, Michael! Lass mich die unschuldige Seele zerstören«, stieß der Leibhaftige mit hasserfüllter Stimme hervor. Rauch drang aus seinem Mund. Es stank sofort nach faulen Eiern. Michael zückte sein Schwert und zielte auf den Teufel. Aus der Schwertspitze schoss ein flammender Blitz heraus und traf den Teufel an der Brust. Sofort wurde er in grelles Licht getaucht, und krümmte sich wie ein Wurm.

Es blendete mich und ich musste mehrmals blinzeln. Als ich wieder hinschaute, war der Höllenfürst mit seinem Begleiter spurlos verschwunden.

»Danke!«, rief ich und streckte meine Hände nach dem Erzengel aus. Michael umarmte mich und streichelte mir über den Kopf. »Die Gefahr ist gebannt. Aber sei auf der Hut, das Böse lauert überall. Warne die Menschen und leuchte wie ein Stern. Wir und alle Schutzengel sind immer an eurer Seite, denn wir beschützen die Unschuldigen, vergiss das bitte nie.«

Ich nickte und gähnte, während sich meine Augenlider schwerer und schwerer anfühlten, bis sie mir schließlich zufielen und ich wie durch Magie einschlief.

Am nächsten Morgen glaubte mir keiner. Auch nicht, als ich die Bisswunde am Arm meinen Eltern zeigte. Es hieß bloß, ich hätte mich sicher im Schlaf selbst gebissen. Dann aber entdeckte ich, dass der Höllenfürst sich mit einem roten Fingerabdruck am Schlafzimmertürpfosten verewigt hatte. Das reichte immer noch nicht als Beweis aus. Doch in der Küche entdeckten wir, dass das Tintenfass umgefallen war und die schwarze Tinte hatte sich über die Tischdecke ergossen. Daneben lag ein winziger Zettel, den ich meiner Mutter reichte. *»Die Hölle ist nah!«,* las sie mir vor und schwieg beharrlich.

Danksagung

Ich bedanke mich ganz herzlich bei allen, die zum Gelingen von meinem *Büchlein* beigetragen haben und somit ermöglichen, dass Sie liebe Leser, dies in den Händen halten können.

Mein erster Dank geht an meinen Ehemann **Dieter**, für das Korrekturlesen. Ohne ihn würde vieles nicht gehen. Und auch ein Dank geht an meine beiden Söhne sowie an meine Mutter für ihre Unterstützung.

Vielen Dank an **Martina Sprenger** für ihr Lektorat meiner zwei Kurzgeschichten und **Frank Gebauer** für das Cover-Foto und mehr, sowie auch an **Nightcrawler Kase** für das Gruppenfoto.

Auch danke ich ganz besonders **Sabine Barthel, Hope Cavendish, Paul M. Hermann, Talira Tal, und Christina Pollok,** die mich bei jedem meiner Buchprojekte total unterstützen. Ihr alle zusammen seid einfach SPITZE!!!

SCHWERTNER´sFOTO´s

Autorin: Audrey DeLane

Audrey DeLane ist ein großer Vampir-Fan seit ihrer Kindheit. Sie ist verheiratet und lebt mit ihrem Mann und zwei Söhne sowie ihrer Zwergpudeldame im Ruhrgebiet. Als ehrenamtliche Lesepatin ist sie seit 2012 tätig. Online-Reporterin ist sie seit 2008. Zudem organisierte sie bereits zahlreiche Autorenlesungen an unterschiedlichen Leseorten. Außerdem produziert und schreibt sie seit 1985 Theaterstücke. Ihr erstes Kinderbuch erschien 2012 und basiert auf ihrem Theaterstück *„Hexe wider Willen"*. Des Weiteren gehört sie dem Vorstand des *„Freien Deutschen Autorenverband NRW (FDA)* an. Besonders viel Zeit investiert sie in ihre Autorengruppe *„Unsere Vampire sind 100% GLIT-ZERFREI"* mit der sie bereits viele Auftritte bis heute beschreitet.

Buchankündigung:

In Planung für 2018

Der erste Band meiner vierteiligen Vampirreihe

„Graf von Dovers Blutrache"

Der Kaufmannssohn und Tunichtgut Victor Weisborn aus dem 18. Jahrhundert genießt sein Leben in vollen Zügen. Lieber treibt er sich herum als seinem Vater bei den Geschäften zu unterstützen. Erst als seine Schwester Jessica durch Graf von Dover in Gefahr gerät, schreitet der Kaufmannssohn ein und verhindert die Vampirverwandlung. Dadurch schwört der Vampirgraf Blutrache an allen Weisborns. Ein Kampf auf Leben und Tod entfacht zwischen den beiden unterschiedlichen Kontrahenten. Hat der Jüngling überhaupt eine Chance gegen den mächtigen Vampir zu bestehen? Oder scheitert er bei der Rettung seiner beiden jüngeren Schwestern?

Intro – „Graf von Dovers Blutrache"

Tot und doch nicht tot.

Lebendig und doch nicht lebendig.
Verdammt oder doch erlöst?
Wenn Ihr glaubt in den Geschichtsbüchern steht
immer die Wahrheit wie in der Tageszeitung.
Dann muss ich Euch enttäuschen!
Es gibt gute Gründe, warum die Tatsachen ver-
schleiert werden.
Wehe die Wahrheit kommt ans Licht.
Ihr wärt überrascht und in Panik zugleich.
Mächte, die sich seit Anbeginn der Zeit eine erbit-
terte Schlacht liefern, herrschen im Geheimen über
die Erde.
Hier folgt meine Lebensgeschichte, und sie wird
Euch die Augen öffnen.
Denn nichts ist so wie es scheint.
Tretet ein … und überzeugt Euch selbst …

Victor Weisborn

Buchempfehlungen

Halina M. Sega

Die geheimen Aufzeichnungen

Zwanzig Jahre Buffy und Angel in Deutschland, und trotzdem lodert weiterhin das Fan Feuer in mir. Ich schaue immer gerne zurück. Daher möchte ich meine damaligen Texte wieder mit anderen Buffy-Fans teilen, so wie es früher zu Buffy und Angel-Zeiten war.

Seid vorsichtig, ihr betritt hier das Buffy und Angel-Gebiet!

Schließt eure Augen und erinnerte euch!

Was?

Er ist ein Vampir und sie eine Jägerin!

Demnächst

Anlässlich zum 20. „*Angel – Jäger der Finsternis*" Deutschland-Jubiläum.

Halina M. Sega

Cordelia macht sich große Sorgen um Angel. Er ist von seinem nächtlichen Rundgang nicht wie versprochen zurückgekehrt. Wer steckt dahinter? Er selber oder seine Feinde?

Meine Angel-Story entführt den Leser zurück in die zweite Staffel von „*Angel – Jäger der Finsternis*"!

Paul M. Hermann

Hope Cavendish